Uległy Fotograf

Erika Sanders

Seria

Dominacja i erotyczna uległość

Streszczenie

Julia jest profesjonalną fotografką, która lubi uwieczniać ważne momenty w życiu ludzi na swoich fotografiach .

Podczas gdy w swoim studio ujawnia ostatnie zdjęcia rodziny, które zrobił, do lokalu wchodzi nowy klient.

Ten klient, bardzo dobrze pozycjonowany i znany dyrektor, ma dla Julii niezwykłe zadanie: fotografowanie scen dla dorosłych.

Julia niechętnie przyjmuje to zlecenie, ale oferta dyrektora jest bardzo kusząca...

Uległy Fotograf to powieść o silnej treści erotycznej BDSM iz kolei nowa powieść należąca do kolekcji Erotic Domination, serii powieści o dużej zawartości romantycznej i erotycznej BDSM.

(Wszystkie postacie mają ukończone 18 lat)

Uwaga o autorze:

Erika Sanders to znana na całym świecie pisarka, przetłumaczona na ponad dwadzieścia języków, która swoje najbardziej erotyczne teksty, dalekie od jej zwykłej prozy, podpisuje swoim panieńskim nazwiskiem.

Indeks

ULEGŁY FOTOGRAF
ERIKA SANDERS

CZĘŚĆ PIERWSZA
Oferta pracy

ROZDZIAŁ 1

Julia siedziała w ciemnym pokoju swojego małego studia fotograficznego, wywołując zdjęcia.

Fotografia od zawsze była jego pasją i uczynił z niej swoją karierę.

Trzydziestolatka z uwagą obserwowała, jak obrazy się kończą.

Powiesiła je do wyschnięcia i przez chwilę podziwiała ich pracę dla kochającej rodziny.

Julia przerwała pracę, gdy usłyszała dzwonek po otwarciu drzwi wejściowych.

Poszedł do recepcji i zobaczył czterdziestoparoletnią dyrektorkę, ubraną jak ktoś, kto pracuje w bardzo eleganckim biurze.

- Dzień dobry - powiedziała Julia z ciepłym uśmiechem. "Witam w moim studiu fotograficznym. Mam na imię Julia. W czym mogę pomóc?"

Profesjonalistka odwzajemniła uśmiech.

„Cześć Julia. Nazywam się Catherine".

Uścisnęli sobie dłonie, gdy Julia stała za ladą.

– Miło mi cię poznać, Catherine. Czy jest coś, co mogę dziś dla ciebie zrobić? Szukasz czegoś konkretnego?

„Właściwie jestem. Uwielbiam twoje prace. Myślę, że jesteś świetny w robieniu portretów i uchwyceniu wyjątkowych chwil".

Julia zarumieniła się.

„Dziękuję. Jesteś tu z polecenia?"

„Właściwie to badania. Myślę, że obrazy, które masz na swojej stronie internetowej, są świetne. Jesteś bardzo utalentowaną kobietą".

„Robię, co mogę".

„Więc jak przebiega ten proces?" — spytała Katarzyna. „Czy ludzie kontaktują się z tobą, mówią ci, czego chcą, a potem robisz im zdjęcia? Oczywiście jestem w tym nowy".

„Zwykle tak to działa. Czasami ludzie przychodzą do mojego studia, jeśli chcą zrobić sobie portrety, a czasami wynajmują mnie, żebym przyjechał do ich domu".

„Jakie zdjęcia zwykle robisz?"

– To zależy – odparła Julia. „Jeśli muszę gdzieś wyjść, to zazwyczaj na wesela, ceremonie, ukończenie szkoły itp. W moim studio zwykle robię portrety rodzinne".

– Czy masz coś przeciwko, jeśli zadam ci osobiste pytanie?

"Do przodu."

– Zarabiasz na tym dużo pieniędzy?

„To godne życie".

- Julia, nie zamierzam marnować twojego czasu - powiedziała Catherine rzeczowym tonem. "Poszukuję fotografa do serii sesji zdjęciowych. Zapłacę dobre pieniądze i wymagam pełnej dyskrecji. Wszystkie zdjęcia będą przeznaczone dla osób dorosłych."

– To nie powinno być problemem – odparła Julia z przekonaniem. „Wykonywałem już wiele nagich prac. Czuję się komfortowo z tego rodzaju rzeczami".

„Jakie masz z tym doświadczenia?"

„Na studiach miałem kilka zajęć z aktu. Na moim kierunku fotograficznym robiłem zmysłowe nagie portrety kobiet. To dość częsta prośba. Zakładam, że chcesz czegoś takiego".

Katarzyna uśmiechnęła się.

- Niezupełnie. To, co robię, wymaga trochę więcej erotyzmu.

„Czy to pornografia?" – zapytała ostrożnie Julia.

„Nie jestem osobą, która lubi przyklejać etykietki. Eksploruję granice ludzkiej seksualności w bardzo szczególny sposób. Mam wyjątkowych przyjaciół i chciałbym, abyś udokumentował niektóre z naszych sesji swoimi unikalnymi umiejętnościami. fotograf".

Julia była trochę zaskoczona.

„Nie mogę. Przepraszam. Bez urazy, ale prawdopodobnie nie mógłbym wykonywać swojej najlepszej pracy w takim środowisku".

Catherine sięgnęła do torby i położyła na stole wizytówkę.

– Dziękuję za poświęcony czas – odpowiedziała uprzejmie Catherine. „Jako artysta miałem nadzieję, że będziesz otwarty na wszelkie formy sztuki związane z ludzkim ciałem. Jeśli jesteś ciekawy, czym się zajmuję, zadzwoń. Wciąż mam nadzieję, że w końcu będziemy mogli razem pracować. dzień."

- Ty też. Dzięki, że przyszedłeś. Przepraszam, że nie mogłem ci pomóc.

„Nie przepraszaj. To nie jest dla każdego. Na odwrocie mojej karty napisałem kwotę, jaką zapłaciłbym za twoje usługi. Pomyśl o tym".

To powiedziawszy, Catherine odwróciła się i wyszła z małego gabinetu.

Była to najbardziej niezwykła oferta, jaką Julia otrzymała od czasu założenia własnej firmy fotograficznej.

Nigdy wcześniej nie była namawiana do niczego jawnie seksualnego.

Podniósł kartę i spojrzał na nią.

Ku jej zaskoczeniu Catherine zajmowała wysokie stanowisko w dużym banku inwestycyjnym w mieście.

Julia odwróciła kartę i zobaczyła cenę, jaką Catherine była gotowa zapłacić, i była zaskoczona.

ROZDZIAŁ 2

Później myślał o tamtej nocy.

Ciekawość wciąż tkwiła w umyśle Julii przed snem, chociaż część niej chciała trzymać się z dala od Catherine.

Podeszła do śmietnika, do którego go wrzuciła, i wyjęła wizytówkę Catherine, którą zwinęła w małą kulkę.

Rozwinął go i spojrzał jeszcze raz.

Następnie poszedł do swojego komputera, aby szybko przejrzeć.

Po krótkich poszukiwaniach Julia znalazła stronę Catherine na LinkedIn.

Catherine była doświadczoną bizneswoman i zajmowała wysokie stanowisko w dużym banku inwestycyjnym.

Ilość doświadczenia Catherine na wysokim poziomie była dla Julii zaskakująca.

Julia kontynuowała poszukiwania w Internecie i znalazła stronę Catherine na Facebooku, która była otwarta dla wszystkich.

Przejrzała osobiste zdjęcia kobiety biznesu.

Catherine była piękna, elegancka, wyrafinowana, z władczą aurą.

Julia zastanawiała się, dlaczego taka kobieta byłaby zainteresowana robieniem wyraźnych zdjęć.

Ale oczywiście każdy ma swoje sekrety, pomyślała Julia.

Intryga wystarczyła, by Julia zmieniła zdanie.

W końcu, jak obskurne mogą być te obrazy?

Z pewnością musiały być smaczne.

Otworzył swój e-mail i napisał wiadomość do Catherine:

Cześć Katarzyno

Mam nadzieję, że dobrze się bawisz. Jestem Julia ze studia fotograficznego. Przemyślałem twoją ofertę i mogę ponownie rozwazyć moje stanowisko w tej sprawie, jeśli nadal jesteś zainteresowany współpracą ze mną. Ale najpierw mam kilka pytań. Czy jest odpowiedni czas, kiedy możemy rozmawiać przez telefon? A może chcesz nadal komunikować się przez e-mail? Daj mi znać.

Dbaj o siebie,

Julia"

Spojrzał na zegar i była już jedenasta dwadzieścia pięć w nocy.

Julia wyłączyła komputer i jeszcze raz spojrzała na wizytówkę.

Odwrócił go i spojrzał na odręczną notatkę Catherine: Pięćset dolarów za godzinę.

jeszcze większa, kiedy kładła się do łóżka.

ROZDZIAŁ 3

Następny poranek był dla Julii typowym rankiem.

Kiedy w jego małym studio nie było potencjalnych klientów ani klientów, spędzał czas w ciemni, wywołując więcej zdjęć.

Była to żmudna praca, ale lubiła ją.

Kiedy skończyła, wyszła z ciemnego pokoju i spojrzała na swojego laptopa na biurku.

Było kilka nowych e-maili.

Wzrok Julii przebiegł po liście wiadomości, z których większość dotyczyła pracy.

Tym, co natychmiast przykuło jego uwagę, była odpowiedź na e-mail od Catherine.

Otworzyła to:

Julia

Cieszę się, że ponownie rozważyłeś moją ofertę. Najlepiej, gdybyśmy spotkali się osobiście, żeby to przedyskutować. Przyjdź do mojego biura w piątek o ósmej rano. Umówię cię na spotkanie, żeby recepcja i moja sekretarka cię wpuściły.

Katarzyna"

Ten krótki e-mail wystarczył, by ponownie wzbudzić zainteresowanie Julii.

Sięgnęła do torby i znalazła adres swojego biura w centrum na wizytówce Catherine.

Weszła do internetu i sprawdziła, jak dojechać z domu, upewniając się, że jej harmonogram na piątek rano jest jasny.

CZĘŚĆ DRUGA
Pokój niewoli

ROZDZIAŁ 4

Julia nerwowo stała w windzie, która jechała w górę do dużego budynku.

Miała na sobie zapinaną na guziki koszulę i biznesową spódnicę, aby wyglądać odpowiednio w korporacyjnym otoczeniu.

Kiedy winda w końcu dojechała na piętro, Julia nieśmiało zaczęła szukać biura Catherine w dziwnym dla niej miejscu.

Kiedy ją zlokalizował, podszedł do młodej sekretarki, która wpuściła go do biura.

Po cichu przełknęła ślinę, kiedy weszła i zdała sobie sprawę, że właśnie przerwała pracę biurową Catherine, cokolwiek to było w tym czasie.

– Proszę usiąść – powiedziała uprzejmie Catherine zza biurka. - Cieszę się, że zmieniłeś zdanie na temat możliwego związku.

Julia usiadła i odprężyła się.

„Cóż, pomyślałem o tym i zdałem sobie sprawę, że to prawdopodobnie coś w dobrym guście".

„Spójrz na moje biuro. Oczywiście wszystko, co robię, jest gustowne" – powiedziała żartobliwie bizneswoman.

– Zdecydowanie to widzę.

„I jestem pewien, że pieniądze, które oferuję, pomogły cię przekonać, prawda?"

Julia zarumieniła się.

"To część tego ."

– Dobrze – zgodziła się Katarzyna. „Doceniam twoją szczerość. To nie wstyd chcieć więcej pieniędzy".

„Pieniądze zawsze się przydają. Nie jestem zbyt bogaty. Ale bardziej niż cokolwiek innego kocham sztukę fotografowania. Uwielbiam robić ludziom zdjęcia, które zostaną na całe życie. Wydajesz się być naprawdę interesującą osobą i opowiadasz swoją historię z moim zdjęcia były szansą, której po prostu nie mogłem przepuścić".

„Wiedziałem, że wybieram odpowiednią kobietę do tego zadania" — uśmiechnęła się Catherine.

„Czy mógłbyś dać mi pojęcie, czego chcesz? Rozumiem twoją potrzebę dyskrecji, biorąc pod uwagę temat. Ale w tym momencie chciałbym wiedzieć, w co się pakuję".

„Czy jesteś zaznajomiony z niewolą i stylem życia BDSM?"

Julia była zaskoczona.

"Tak, jestem."

– Co możesz mi o tym powiedzieć?

Julia zamyśliła się na chwilę.

„Niewiele. Znam tylko banalne rzeczy, które widzę w telewizji. Wiesz, bicze, łańcuchy, skóra. Tego typu rzeczy".

„To tylko jeden mały aspekt fetyszu" — wyjaśniła Catherine. „Prawdziwy BDSM polega na dominacji i uległości. Chodzi o utratę władzy i całkowite oddanie się innej osobie. Oczywiście w bezpieczny i dobrowolny sposób. Bicze i łańcuchy to jedynie narzędzia do osiągnięcia określonego celu" .

– Ona jest kochanką czy co? – spytała Julia nieśmiałym tonem.

„Nie lubię etykietek. Ale myślę, że pasowałbym do tego opisu. Czy to ci przeszkadza?"

„Wcale nie. Umm, myślę, że upodmiotowienie kobiet to wspaniała rzecz".

– Ja też – zgodziła się Katarzyna. „A kiedy wejdziesz do mojego specjalnego pokoju, zobaczysz poważne kobiece wzmocnienie. Większość moich podwładnych to potężni biznesmeni w ich codziennym życiu. Zawracają sobie głowę, aby rzucić mnie na kolana na osobności".

"A ty?"

„Ja co?"

— Ty też się poddajesz? zapytała Julia.

Katarzyna uśmiechnęła się.

„Oczywiście, że tak. Nie robiłbym tego, gdybym nie kochał każdej sekundy".

„Jak to działa? Chodzi mi o to, czy przychodzą cię odwiedzić? I co z tego? Bijesz ich czy coś?"

„Mam specjalny pokój do niewoli na moim strychu" – odpowiedziała Catherine. „Spotykam różne uległe ze świata korporacji. To coś ekskluzywnego. Zwykle w weekendy. Tylko na godzinę".

„Dlaczego godzina?" zapytała Julia.

„Moim zdaniem to idealna ilość czasu. Gdyby trwało to zbyt długo, wszystko zaczęłoby boleć, w zły sposób. Gdyby było za krótko, nie byłoby wystarczającej gry wstępnej, aby wszystko zbudować. Godzina to idealna ilość czasu na zbudowanie niesamowitego punktu kulminacyjnego".

„Brzmi prowokująco".

– Poczekaj, aż go zobaczysz – powiedziała Catherine. „Noszę złotą maskę. To jakby alter ego, które mam. Kiedy maska jest nałożona, staję się inną osobą. Jeśli ludzie myślą, że jestem suką w biurze, poczekaj, aż znajdziesz się ze mną w moim pokoju niewoli " z założoną maską i batem w dłoni. Staję się kimś zupełnie innym."

Julię pociągała Katarzyna.

Był to nowy świat wolności seksualnej nieskrępowanej osobistymi zahamowaniami.

W pewien sposób go to odpychało, ale jednocześnie było całkowicie fascynujące.

Nie mogłem się doczekać, aby to zobaczyć i uchwycić na aparacie.

„Chcesz, żebym sfotografował całe doświadczenie, prawda?" Julia zapytała, żeby było jasne.

„Chcę, żebyś sfotografował wszystko poza twarzami. Dyskrecja jest najważniejsza, ponieważ moje pośladki to w większości zamożne osoby. Nie będziesz mógł wiedzieć, kim oni są. Przez cały czas będą zamaskowani".

Palce Julii drgnęły.

„Będę szczery. To wszystko wydaje mi się dziwne. Nigdy wcześniej nie proszono mnie o udział w czymś takim. Nawet nie widziałem tych rzeczy na wideo, co nie znaczy, że ich nie widziałem. widziałem porno. To wszystko jest dla mnie nowe".

– W takim razie zazdroszczę ci – odparła Catherine.

"Naprawdę? Dlaczego?"

„Ponieważ będziesz to badać po raz pierwszy, dziewiczymi oczami".

– Tak na pewno będzie – odparła Julia.

„Powiedz mi, czy jesteś zadowolony ze swojego życia seksualnego?"

"Co masz na myśli?"

"Czy jesteś zadowolony seksualnie?" — spytała kategorycznie Katarzyna. „Dochodzisz tak, jak chcesz? Czy chciałbyś mieć lepsze orgazmy? Czy chciałbyś, żeby ktoś pieprzył Cię ciałem i duszą?"

Julia była zaskoczona serią pytań szanownej bizneswoman.

„Moje życie seksualne mogłoby być lepsze" – przyznał. „Jestem singlem. Od dawna nie umawiałem się na randki. To osobista cena, jaką płacę za prowadzenie własnego biznesu".

„Więc prawdopodobnie często się masturbujesz".

"Mniej więcej."

Catherine wzięła długopis i notatnik i zaczęła pisać.

Gdy skończył, wręczył list Julii.

– To adres mojego mieszkania – powiedziała Catherine. „Następna sesja jest w sobotę o dziesiątej wieczorem. Nie spóźnij się. Otrzymasz pięćset dolarów za całą godzinę. Rób zdjęcia wszystkiego, co chcesz, z wyjątkiem twarzy lub czegokolwiek, co może posłużyć do zidentyfikowania kogoś Zdjęcia będą należeć wyłącznie do mnie. Więc proszę ich nigdzie nie publikować. Moja sekretarka będzie miała umowę i formularze poufności gotowe do podpisania, kiedy opuścisz moje biuro. To na razie wszystko."

Julia wstała.

– Dziękuję. Nie mogę się doczekać naszego sobotniego spotkania.

Catherine również wstała i obie kobiety uścisnęły sobie dłonie, aby nieformalnie zamknąć umowę.

„Jeszcze jedno, załóż ładną sukienkę, kiedy przyjdziesz. Chcę, żebyś dobrze wyglądała".

Wyraz twarzy Julii się zmienił.

W tym momencie właśnie zdał sobie sprawę, w co się pakuje.

ROZDZIAŁ 5

Po spotkaniu z sekretarką w celu podpisania formularzy i umów Julia pospiesznie wyszła z budynku firmy, by zaczerpnąć świeżego powietrza.

Jego umysł był mieszanką emocji.

Byłam ciekawa, ale byłam zdenerwowana.

Byłem zaintrygowany, ale niechętnie.

Zdał sobie sprawę, że wszystko to było na czele, ale było już za późno, by zawrócić.

Dała już słowo, podpisała kontrakty i nie było odwrotu.

Ulica w centrum miasta była zatłoczona, a ona patrzyła, jak pracownicy korporacji idą do swoich miejsc docelowych, podczas gdy ona stała całkowicie zdenerwowana.

Julia zobaczyła małą kawiarnię na świeżym powietrzu i podeszła, żeby dołączyć do kolejki.

Desperacko potrzebował czegoś mocnego do picia.

W momencie, gdy Julia ustawiła się w kolejce, usłyszała głos wołający ją z tyłu.

Odwracając się, zobaczyła, że osobisty sekretarz Catherine podchodzi do niej z uśmiechem.

Sekretarka była zaskakująco młoda, miała dwadzieścia kilka lat i była bardzo piękna.

— Zapomniałem czegoś podpisać? — zapytała Julia, gdy podeszła sekretarka.

„Nie. Wszystko to już zrobione. Mam przerwę i chciałem z tobą porozmawiać".

"Dlaczego?"

— Wiem, po co cię zatrudnili — powiedział. „Kiedy podpisywałeś dokumenty, wyglądałeś na przerażonego, jakbyś podpisywał kontrakt na całe życie".

– Możesz mnie winić za to, że tak się czuję?

Sekretarz uśmiechnął się.

„To normalne uczucie. Dokładnie wiem, przez co przechodzisz".

"Wiesz to?" zapytała Julia.

– Tak. Powiedzmy, że przeszedłem przez długą rozmowę kwalifikacyjną, żeby dostać pracę jako sekretarka Catherine.

Julia nie potrzebowała dużo czasu, aby nawiązać połączenie.

Natychmiast zdał sobie sprawę, że piękna młoda sekretarka była seksualnie uległa Catherine.

Julia starała się nie dać się zaskoczyć.

– A więc ty i Catherine? Julia zapytała sugestywnie i zaciekawiona.

Sekretarz z dumą skinął głową.

„Ubiegałem się o tę pracę, wiedząc, że nie mam kwalifikacji do pracy dla czołowej kobiety z korporacji. Ale pomyślałem, że nie mam nic do stracenia. Osobiście przeprowadziła ze mną rozmowę kwalifikacyjną. Mogłem powiedzieć, że podoba jej się mój wygląd. I zanim się zorientowałem , Podpisałem wiele z tych samych dokumentów, które zrobiłeś. Potem wpuściła mnie do swojego prywatnego świata przygód.

„Dlaczego mi to mówisz? Nie chcę zabrzmieć niegrzecznie, ale nie jest to dokładnie informacja, którą należy się dzielić".

„Wygląda na to, że możesz potrzebować przyjaciela. Nie chcę, żebyś się denerwował".

– Dziękuję – odparła Julia. „Jednak jestem już zdenerwowany. Nie mogę pozbyć się wrażenia, że popełniłem duży błąd. Nie jestem pewien, czy poradzę sobie z takim fetyszem".

„To samo pomyślałem, kiedy zacząłem się z nią angażować. Byłem przerażony, kiedy po raz pierwszy zobaczyłem jej pokój niewoli. Moje ręce się trzęsły, kiedy zaczynaliśmy proces. Ale teraz nie mogę się bez tego obejść".

– Co sprawiło, że zmieniłeś zdanie? zapytała Julia.

"Przyjemność."

ROZDZIAŁ 6

Sobotnia noc.

Julia poszła do mieszkania z aparatem w futerale i miała na sobie żółtą sukienkę, którą kupiła specjalnie na tę okazję.

Była dziewiąta wieczorem.

Przybył na godzinę przed umówionym spotkaniem, kiedy wjechał windą na górę.

Punktualność była częścią tej pracy.

Kiedy dotarła do mieszkania, Julia podeszła do mieszkania Catherine i zadzwoniła.

Nie musiał długo czekać , aż Catherine otworzy drzwi boso w jedwabnym szlafroku.

Włosy Catherine były dobrze ułożone, podobnie jak jej doskonały makijaż.

- Jesteś wcześnie - uśmiechnęła się Catherine.

"Zawsze lubię być wcześniej. Czy to problem? Zawsze mogę wrócić trochę później..."

„Nie, nie, wszystko w porządku. Wejdź. Cieszę się, że jesteś wcześniej. To daje nam szansę na dłuższą rozmowę".

Julia weszła do mieszkania i zachwyciła się wszystkim.

– Piękne miejsce – powiedziała Julia z podziwem. „To jest cudowne. Nigdy nie widziałem czegoś takiego w mieście".

„Dzisiejszej nocy będzie wiele rzeczy, których wcześniej nie widziałeś".

„Jestem pewien, że masz rację. Czy mogę zobaczyć twój pokój niewoli? Chciałbym zrobić mu teraz kilka zdjęć".

– Jeszcze nie – odparła Katarzyna. „Chcę, żebyś robił zdjęcia, kiedy wszystko się zacznie, a nie wcześniej".

"Dobrze."

— Trochę przestraszony?

Julia zamyśliła się na chwilę.

„Trochę. Ale nic mi nie będzie. Jestem jednak zdecydowanie ciekawa. Nigdy nie brałam udziału w czymś takim".

„Jesteś typem kobiety, która będzie się z tego cieszyć. Czuję to".

– Co sprawia, że tak mówisz?

„Robię to od dłuższego czasu" – odpowiedziała Catherine. „Mogę wiele powiedzieć o zwyczajach seksualnych ludzi, po prostu na nich patrząc. Jestem pewien, że po dzisiejszej nocy będziesz chciał wrócić. Będziesz uzależniony. Zaufaj mi".

Julia nagle poczuła się nieswojo z powodu przypuszczenia Catherine.

Starała się być profesjonalna i poważna.

- Więc co możesz mi powiedzieć o dzisiejszym gościu? – zapytała Julia, zmieniając temat.

„Jest bogaty. Jest moim wieloletnim przyjacielem. Zwykle otrzymuję od niego porady biznesowe, ale seksualnie przyjmuje ode mnie rozkazy. Nie zobaczysz jego twarzy ani nie poznasz jego tożsamości".

— O której godzinie przybędzie?

- Jest tutaj - uśmiechnęła się Catherine.

"On jest ...?"

Catherine wskazała na korytarz.

– Jest w moim głównym pokoju. Chcesz zerknąć?

Obie kobiety szły korytarzem luksusowego apartamentu.

Tętno Julii przyspieszyło, jakby wykonywała trening cardio.

Jej serce biło szybko, kiedy Catherine otworzyła drzwi do głównej sypialni.

— Oto jest — powiedziała Katarzyna.

Julia była niemal zaskoczona, gdy zobaczyła mężczyznę w średnim wieku siedzącego na łóżku, ubranego tylko w bieliznę.

Jego twarz i głowa były zasłonięte czarną skórzaną maską.

Były w nim dziury, więc mógł widzieć i mówić.

Spojrzał prosto na Julię.

ciało odzwierciedlało jego wiek, a jego sylwetka była gładka i pulchna.

Jego ręce były związane liną.

"Co myślisz?" – spytała Catherine z pogranicznym złym uśmiechem.

"Nie wiem co mam myśleć".

- Cóż, boisz się, co mu zrobię? Podnieca cię to w jakikolwiek sposób? Musisz mieć o tym jakieś pojęcie.

„To z pewnością bardzo prowokujący obraz".

Katarzyna uśmiechnęła się.

„Jeśli uważasz, że to prowokacja, poczekaj, aż zacznie się przedstawienie. Ale to jeszcze nie czas".

Zamknął drzwi sypialni i stanęli w korytarzu.

- W międzyczasie – powiedziała Catherine, patrząc na ciało fotografa. - Wydawało mi się, że kazałem ci założyć dziś ładną sukienkę.

Julia zerknęła przelotnie na swoją tanią żółtą sukienkę.

„Przepraszam. To było najlepsze, co mogłem znaleźć".

„Niewystarczająco dobry. Chodź za mną".

Obie kobiety skierowały się do innego pokoju na końcu korytarza.

Był to pokój gościnny, który był równie imponujący jak główna sala.

Pokój był schludny, a łóżko wydawało się świeżo pościelone.

Catherine otworzyła szafę i pokrótce przejrzała szeroką gamę drogich ubrań.

Kiedy znalazła to, czego szukała, rzuciła to na łóżko.

Była to elegancka i smukła czarna sukienka.

- Załóż to - powiedziała Catherine. „Nie chcę, żebyś nosił coś innego niż to, nawet buty".

- A co z moim stanikiem i majtkami?

- Żadne. Czy to będzie problem?

Julia potrząsnęła głową.

"NIE."

„Dobrze. Ubierz się w tym pokoju. Wrócę wkrótce, gdy założę buty i pozbędę się tej szaty".

"Dobrze."

"Czy jesteś na to gotowy?" — spytała Katarzyna.

"Ja jestem."

„Wyglądasz nieswojo. W porządku, że się denerwujesz. Ale jeśli nie chcesz kontynuować, to też w porządku. Zawsze mogę znaleźć kogoś innego, a nawet zapłacę ci za dzisiejszy wieczór".

Julia wzięła krótki oddech.

„Nie. Chcę to zrobić. Założę sukienkę i będę gotowa, kiedy ty będziesz".

- Doskonale - uśmiechnęła się Catherine, po czym odwróciła się, by odejść.

Julia została sama w luksusowym pokoju gościnnym.

Spojrzała na czarną sukienkę leżącą na łóżku i zastanawiała się, ile jest warta.

Wydawało się drogie.

Opuściła aparat, zdjęła żółtą sukienkę i rzuciła ją na łóżko.

Zdjął buty.

W końcu, zgodnie z prośbą Catherine, zdjęła stanik i majtki i stanęła naga w pokoju.

Wpatrywała się w swój nagi wygląd w lustrze, zauważając, jak normalnie wyglądała.

Wzięła czarną sukienkę i włożyła ją, po czym ponownie spojrzała na siebie w lustrze.

Tym razem wyglądała zupełnie inaczej.

Wydawała się kobietą z klasą i elegancją.

„Pięknie", powiedział głos Catherine z korytarza.

Julia była zaskoczona, że była obserwowana, ale nie była pewna, jak długo.

Jego oczy rozszerzyły się , gdy zobaczył Catherine w czarnym gorsecie i długich czarnych butach.

Wygląd Catherine wyraźnie kontrastował z jej zwykłym profesjonalnym strojem.

– Och, dzięki – odparła cicho Julia. - Ty też wyglądasz pięknie.

„Teraz nadszedł czas. Otworzyłem mój specjalny pokój. Znajduje się na końcu korytarza. Poczekaj tam na mnie z gotowym aparatem, a ja przyprowadzę naszego gościa specjalnego. Możesz robić zdjęcia, jak chcesz. Wygrałem nie dawać ci instrukcji, jak masz wykonywać swoją pracę. To zależy od ciebie".

"Dziękuję."

Catherine odsunęła się na bok, sygnalizując Julii, że czas iść sama do pokoju niewoli.

Julia wzięła głęboki oddech iz dużym aparatem w ręku minęła Catherine i ruszyła korytarzem w stronę otwartego pokoju.

ROZDZIAŁ 7

Pokój niewoli był duży, a ściany pokryte czarną wyściółką.

To był bardzo dobrze oświetlony pokój.

Wzrok Julii przesunął się po różnych wystawionych przedmiotach i gadżetach związanych z seksem.

Dostępna była szeroka gama dild, zabawek erotycznych, łańcuchów i zacisków.

W pokoju było krzesło i stół, które były jedynymi dostępnymi meblami.

Na ścianie wisiał duży zegar, który zapewniał, że każda sesja trwała dokładnie godzinę.

Dopiero gdy usłyszała stukot obcasów Catherine na podłodze, Julia przypomniała sobie, że ma do wykonania określoną pracę.

Przyjeżdżali, a Julia przygotowywała aparat do robienia zdjęć.

Pierwszą rzeczą, którą Julia zobaczyła, gdy weszła do pokoju, był mężczyzna w średnim wieku ze związanymi rękami i zakrytą twarzą, by chronić swoją tożsamość.

Julia zrobiła mu zdjęcie.

Wtedy do pokoju weszła Katarzyna.

Miała na sobie błyszczącą złotą maskę, która zakrywała jej twarz, ale pozwalała swobodnie opadać włosom.

Julia pomyślała, że maska wygląda, jakby została stworzona mniej więcej w XV wieku dla jakiejś rodziny królewskiej.

Julia sfotografowała Catherine prowadzącą mężczyznę do pokoju, a następnie zamykającą drzwi.

Julia patrzyła z ciekawością, jak związany mężczyzna musi uklęknąć.

Katarzyna kazała mu uklęknąć i milczeć.

Julia zrobiła więcej zdjęć.

Catherine podeszła do swojej kolekcji zabawek erotycznych i zaczęła szukać tego, czego chciała.

W końcu zdecydowała się na długie, cieliste dildo.

Ale jeszcze nie skończyła.

Przypięła dildo do paska, a następnie wsunęła je na swój skórzany gorset.

Julia zrobiła więcej zdjęć.

"Czy jesteś gotowy na wieczór?" Catherine zapytała swojego uległego mężczyznę.

"Mmm... Hmmm..." mruknął w odpowiedzi.

– Dobry chłopiec – powiedziała Catherine protekcjonalnym tonem. „Teraz chcę, żeby twój mały tyłek pochylał się nad stołem".

Mężczyzna wstał i ułożył się na stole, z brzuchem na nim i rozstawionymi nogami.

Mężczyzna pokazał, że robił to już kilka razy i że cieszy się każdą chwilą, bez względu na to, jak burzliwe lub poniżające doświadczenie wydawało się normalnej osobie.

Catherine wzięła małą drewnianą łopatkę i zaczęła delikatnie stukać w tyłek mężczyzny.

Na początku było miękkie, jakby zależało jej na jego dobru.

Zaczął uderzać łopatą mocniej, potem jeszcze mocniej.

Mężczyzna zaczął mamrotać ustami, gdy ciosy stały się bardziej intensywne.

Julia prawie mu współczuła, ale wykonała swoją pracę i zrobiła mu zdjęcia.

„Podoba ci się, świnko?", powiedziała mu Catherine, kontynuując pracę z łopatą.

"Mhm... Hm..."

– Mam dla ciebie coś jeszcze.

Catherine odłożyła łopatę i przywiązała ręce i kostki mężczyzny do różnych rogów stołu.

Został złapany.

Całą swoją ufność pokładał całkowicie w Katarzynie.

Była zdana na jego wolę i na jego łaskę.

Chwycił butelkę lubrykantu i rozsmarował dużą ilość na czubku palca.

Julia zrobiła zbliżenie nawilżonego palca Catherine.

Julia zrobiła następnie zbliżenie palca wchodzącego do odbytu mężczyzny.

Jęknął, gdy był penetrowany przez palec Catherine.

Potem włożył dwa palce.

Potem trzy.

Julia zastanawiała się, czy mężczyźnie sprawia to przyjemność.

Ale to nie była jego sprawa.

Zadaniem Julii było zrobienie zdjęcia penetracji i zrobiła to, a kamera uchwyciła to wszystko.

Żołądek Julii prawie opadł, gdy zobaczyła, jak Catherine ustawia się za mężczyzną, z dużym penisem przywiązanym do jej talii skierowanym bezpośrednio na wyciągnięty tyłek mężczyzny.

Julia była gotowa krzyczeć i błagać w imieniu bezbronnego mężczyzny na stole.

Chciała powstrzymać to szaleństwo w jego imieniu.

Ale nie zrobiła tego.

To nie była jego rola.

Jej usta były otwarte z niedowierzania i na chwilę opuściła kamerę, aby na własne oczy zobaczyć penetrację odbytu.

To był wstrząsający widok.

Podniosła aparat, skierowała go bezpośrednio na penetrację odbytu i zrobiła więcej zdjęć.

ROZDZIAŁ 8

Poniedziałek.

Był wczesny ranek i Julia stała w swoim ciemnym pokoju, wywołując wszystkie zdjęcia, które zrobiła dla Catherine.

W sumie było ponad dwieście obrazów.

Pierwsze partie były gotowe.

Jakość obrazu była dobra, a ona podziwiała własną pracę.

Wiedział, że Catherine byłaby zadowolona ze sposobu, w jaki uchwycił pokój niewoli.

Wiedział, że Catherine również spodoba się sposób, w jaki złapano uległego mężczyznę.

Były zdjęcia przedstawiające Catherine w jej stroju i były zbliżenia złotej maski.

Julia przelotnie spojrzała na resztę pasków filmowych, które zrobiła.

Przyjrzał się materiałowi filmowemu, na którym mężczyzna ssie obiekt seksualny, dostaje klapsy, a potem przez długi czas uprawia sodomię przez duży pas.

Jej tętno przyspieszyło.

Następnie obejrzał nagranie przedstawiające mężczyznę potrząsanego przez Catherine.

Ten wystrzelił ogromny ładunek nasienia na podłogę, którą następnie kazano mu oczyścić językiem.

Julia poczuła pieczenie między nogami.

Była podniecona w jego ciemnym pokoju, tak jak była w pokoju niewoli Catherine.

Rozpięła spodnie i wsunęła prawą rękę w majtki.

Patrzył, jak rozwija się film, mężczyzna ssie dildo na kolanach i dotyka się seksualnie.

Pamiętał wszystko, co czuł, kiedy zobaczył wszystko po raz pierwszy.

Wyobraziła sobie, jak jest sodomizowany, a Catherine go masturbuje.

Dotknęła się myśląc o mężczyźnie ssącym cycki Katarzyny .

Pomyślała o wszystkich poniżających werbalnie komentarzach, które jej wygłaszał i o trudnej sytuacji, w jakiej się znalazła.

Wtedy Julia wyobraziła sobie siebie na miejscu mężczyzny.

Zastanawiała się, czy mogłoby jej się spodobać zmuszanie do ssania dildo i sodomia w tak poniżającej pozycji.

Kiedy miała orgazm w ciemnym pokoju, zdała sobie sprawę, że odpowiedź brzmi „tak".

CZĘŚĆ TRZECIA
Złota maska i czarna sukienka

43

ROZDZIAŁ 9

Dwa miesiące później Julia miała na sobie nową sukienkę, kiedy poszła do biura Catherine.

Zaprosili ją na prywatne spotkanie.

Kiedy bez wahania dotarł do mieszkania, odbył krótką rozmowę z sekretarką i został wpuszczony do gabinetu Catherine.

Obie kobiety przywitały się uściskiem i obie usiadły na swoich miejscach, z Catherine za swoim dużym biurkiem i Julią siedzącą naprzeciwko niej.

„Mogę szczerze powiedzieć, że jesteś najlepszym pracownikiem, jakiego kiedykolwiek miałam" — stwierdziła Catherine. „To coś znaczy, biorąc pod uwagę liczbę wykwalifikowanych osób, które pracowały dla mnie przez lata".

Julię ogarnęła duma.

„Dziękuję. Robię, co mogę".

„Czy podoba ci się, że jestem twoim pracodawcą? Mam reputację prawdziwej suki, na co w pełni zasłużyłem".

– Wcale nie uważam cię za sukę – odparła żartobliwie Julia. „Myślę, że jesteś silną kobietą. I z pewnością najbardziej intrygującym pracodawcą, jakiego kiedykolwiek miałam. Każdy tydzień jest niesamowity. Uwielbiam to. Zawsze nie mogę się doczekać naszych spotkań".

– Cóż, niestety, twoje usługi nie będą już potrzebne – powiedziała Catherine dosadnym, biznesowym tonem. „Wykonałeś swoje zadanie, fotografując wszystkie moje suby. Myślę, że wykonałeś wspaniałą robotę. Twoja praca znacznie przekroczyła moje oczekiwania".

Julia była zaskoczona.

Uwielbiał cieszyć się, oglądać i robić zdjęcia sekretnego życia seksualnego Catherine.

Chodzenie do jego mieszkania w sobotnie wieczory było jego ekscytacją tygodnia.

I masturbował się prywatnie za każdym razem, gdy wracał do domu.

Polubił też cotygodniowe towarzystwo Catherine.

- No cóż, cieszę się, że podobała ci się moja praca - odparła Julia, starając się nie brzmieć na zdruzgotaną.

„Nie tylko ja to lubię. Wszyscy moi podwładni zgadzają się, że wykonałeś znakomitą robotę ze swoimi zdjęciami. Dostaniesz za to pokaźną premię. Kiedy opuścisz moje biuro, moja sekretarka powie: wręczając ci kopertę z pieniędzmi".

"Bardzo miło z twojej strony."

Katarzyna uśmiechnęła się.

"To nie jest problem."

- Czy jest jakiś sposób, żebyśmy... mogli... kontynuować to? – zapytała Julia z całą pewnością, na jaką było ją stać. „Jako fotograf myślę, że możemy odkryć o wiele więcej rzeczy, których jeszcze nie zrobiliśmy".

Katarzyna uniosła brew.

„Naprawdę? Więc ten nieśmiały mały fotograf chce dalej dla mnie pracować. To interesujące".

- Cóż, interesuje mnie twoje hobby - przyznała wbrew sobie Julia. „To fascynująca rzecz i myślę, że wykonaliśmy razem świetną robotę, jeśli chodzi o tworzenie sztuki".

Katarzyna zastanowiła się przez chwilę.

– Mogę mieć dla ciebie coś innego. Nie mam gwarancji. Ale może to być poza twoim zasięgiem.

Uwaga Julii została nagle pobudzona.

"Co to jest?"

„Fetysz niewoli jest bardziej powszechny w świecie biznesu, niż mogłoby się wydawać. Jest bardzo popularny wśród potężnych mężczyzn, ponieważ uwielbiają odwracanie ról. Uwielbiają oddawać kontrolę uwodzicielskim kobietom po tym, jak są szefami wszystkiego" . dotychczas zainteresowany ?"

"Jasne."

„Świetnie. Skontaktuję się z organizatorami wydarzenia, aby sprawdzić, czy możesz dołączyć".

"Wydarzenie?" zapytała Julia.

„Tak, to małe wydarzenie, które zdarza się raz na jakiś czas. Zasadniczo jest to impreza niewoli, na której bogaci i potężni naprawdę dobrze się bawią, jak dorośli".

– To brzmi jak coś, co chciałbym zobaczyć.

Katarzyna uśmiechnęła się.

„Nie masz pojęcia. Jest tak brudno i wulgarnie, że wszyscy są zamaskowani. Wszystko jest całkowicie dyskretne. Poza tym to tradycja".

– Co miałbym tam robić?

„Róbcie zdjęcia. Co innego by to było? Może organizatorzy imprezy chcą jakieś fajne zdjęcia na pamiątkę czy coś".

„Zdecydowanie mogę to zrobić" – odpowiedziała Julia. „Szczerze mówiąc, odkąd zacząłem robić zdjęcia twoim sesjom bondage, wszystko inne, co robię w pracy, wydaje się dość nudne w porównaniu".

Katarzyna uśmiechnęła się.

„Wiedziałem, że ci się spodoba. Jesteś taką dziewczyną. A teraz przepraszam, za kilka minut mam randkę".

– Och, oczywiście. Dziękuję za poświęcony czas.

Julia wstała i wyciągnęła rękę do uścisku przed wyjściem.

– Jeszcze jedno – dodała Catherine. „Moi inni przyjaciele nie zawsze grają legalnie. Więc jeśli chcesz dalej dla mnie pracować, musisz być pewien".

"Jestem pewien."

Katarzyna skinęła głową.

„Tak myślałem. Będziemy w kontakcie. I wkrótce się odezwiemy".

ROZDZIAŁ 10

Tydzień później.

Był wczesny wtorek rano.

Julię obudziła seria pukania do drzwi.

Wstała z łóżka, przejrzała się przelotnie w lustrze, po czym otworzyła drzwi.

Ku jej zaskoczeniu była to sekretarka Catherine trzymająca małą paczkę.

– Dzień dobry – powiedziała sekretarka z promiennym uśmiechem.

– Dzień dobry, wejdź.

Sekretarka weszła z paczką do małego mieszkania, a Julia zamknęła drzwi.

— Przepraszam, że przeszkadzam tak wcześnie — powiedział sekretarz. „Jestem zajęty przez resztę dnia, więc to był jedyny czas, jaki miałem".

„Nie martw się. Chcesz kawę lub coś do picia?" zapytała Julia.

- Czuję się dobrze, dziękuję bardzo.

– Więc co cię tu sprowadza dzisiejszego ranka?

„Catherine skontaktowała się z organizatorami imprezy" – odpowiedział sekretarz. „Wszyscy kochają twoje prace i uważają, że twoje zdjęcia byłyby mile widziane".

„To wspaniała wiadomość. Chętnie wezmę udział".

– Jest jednak warunek.

"Co to jest?" zapytała Julia.

„Wydarzenie niewoli jest ekskluzywne i nie wpuszczają żadnych obcych. Dlatego musisz przejść inicjację, zanim będziesz mógł robić tam zdjęcia".

Ta wiadomość obudziła Julię mocniej niż jakakolwiek filiżanka kawy.

"Co masz na myśli?"

„Nowych członków obowiązuje proces inicjacji. Powiedziano mi, że nie da się tego obejść. Musisz, jeśli chcesz nadal pracować dla Catherine".

- Cóż, czego wymaga ta inicjacja? Coś ekstremalnego?

– Zmienia się za każdym razem – odparł sekretarz. „Byłem inicjowany kilka lat temu i było całkiem cicho. Ale dla innych ludzi, wow. Nie chciałbym, żeby to byli oni".

Julia nagle poczuła, jak wiruje jej w głowie.

Pragnął tej pracy bardziej niż czegokolwiek innego i nie chciał rozczarować Catherine odmową.

– Powiedz Catherine, że to zrobię – powiedziała Julia.

Sekretarka uśmiechnęła się i położyła paczkę na pobliskim stoliku.

– Wiedziała, że będziesz zainteresowany. To dla ciebie.

"Co to jest?"

„Otwórz, a zobaczysz".

Julia podniosła wieko paczki i zobaczyła złotą maskę na cienkim czarnym materiale.

Maska była elegancka i podobna do tej, którą Catherine nosi podczas każdej sesji bondage.

„Po co to jest?" – zapytała Julia, biorąc maskę, żeby ją obejrzeć.

„Będziesz musiała ją założyć na imprezę. Jest w tym samym typie co Catherine, co da ludziom do zrozumienia, że jesteś jej gościem i uległą".

Julia nadal na niego patrzyła.

„To piękna maska".

- Z pewnością tak. W paczce jest też strój. Będziesz go musiał ubrać. Nic poza szpilkami.

Julia wyjęła z paczki cienki czarny materiał.

Było całkowicie przejrzyste.

„Czy nie wolno mi nosić niczego innego pod spodem?" zapytała Julia.

„Nie, nic. Impreza zaczyna się o siódmej wieczorem w sobotę. Kierowca przyjedzie po ciebie o szóstej, więc bądź przygotowany. Idąc do samochodu, możesz założyć płaszcz, aby zakryć ciało, ale zdejmij ją raz, aż przybędziesz na wydarzenie. Nie zapomnij zabrać ze sobą maski i aparatu".

"Mogę zadać ci osobiste pytanie?"

„Oczywiście", odpowiedział sekretarz.

– Myślisz, że dam sobie z tym radę? To znaczy, twoim zdaniem, czy poradzę sobie z tym, co wydarzy się na imprezie?

Sekretarz uśmiechnął się.

Jest tylko jeden sposób, aby się tego dowiedzieć".

ROZDZIAŁ 11

Sobotnia noc.

Drzwi windy otworzyły się i Julia szybkim krokiem ruszyła korytarzem swojego apartamentowca.

Miała na sobie wysokie obcasy i duży płaszcz.

Pod spodem miała na sobie przezroczystą czarną sukienkę i nic więcej.

Trzymał paczkę ze złotą maską w środku i inne pudełko zawierające jego aparat.

Szła tak szybko, jak tylko mogła, żeby nikt jej nie zauważył.

Czekał na nią czarny samochód, a kierowca trzymał otwarte drzwi.

Kiedy wsiadł do samochodu, zobaczył Catherine siedzącą na tylnym siedzeniu.

Gdy Julia usiadła, kierowca zamknął drzwi i skierował się do celu.

- Ślicznie wyglądasz w tym stroju - powiedziała Catherine. „Miło cię widzieć w czymś bardziej seksownym niż to, co zwykle nosisz".

"Dziękuję. Ty też wyglądasz świetnie."

Wzrok Julii przesunął się po ciele Catherine, które było o wiele bardziej nagie.

Catherine nie wstydziła się siedzieć w samochodzie ubrana tylko w cienką czarną sukienkę.

Każda krzywizna jej ciała była w pełni widoczna, a jej duże brązowe sutki były widoczne przez cienki materiał.

– Wydajesz się trochę zdenerwowany – zauważyła Catherine.

- Mniej więcej. Cały ten proces jest dla mnie dość onieśmielający. Słyszałem, że jest inicjacja, przez którą muszę przejść.

Katarzyna uśmiechnęła się.

– Dobrze słyszałeś.

„Czy możesz przynajmniej dać mi wyobrażenie o tym, co się wydarzy?" – zapytała nieśmiało Julia.

- Obawiam się, że nie, kochanie. Ale nie martw się. Jesteś w dobrych rękach.

– Mam taką nadzieję. Boże, to trochę przerażające.

"Więc dlaczego tu jesteś?" — spytała kategorycznie Katarzyna. „Jaki jest prawdziwy powód? To musi być coś więcej niż zawodowa ciekawość. Przyznaj się, jesteś sekretną dziwką".

„Nie jestem dziwką".

„Więc może powinienem poprosić kierowcę, żeby zawrócił ten samochód i odwiózł go z powrotem do twojego mieszkania.

– Poczekaj – odpowiedziała szybko Julia. „Jestem tutaj, ponieważ podoba mi się to, co robisz. Myślę, że to ekscytujące. Chcę cię dalej obserwować".

„Czy masz fantazje o dołączeniu? Czy kiedykolwiek myślałeś o laniu, zmuszeniu do noszenia paska z tobą w jednej z twoich ciasnych dziurek?"

"Tak."

Na twarzy Katarzyny pojawił się figlarny uśmiech.

„Oczywiście. Wiedziałem, że masz potencjał do uległości od dnia, w którym wszedłem do twojego studia. Zwykle to ciche dziewczyny robią największe dziwki".

„Nie jestem dziwką".

- Inicjacja powinna się tym zająć. Pamiętaj, nikt cię tu nie zmusza. Możesz odejść, kiedy tylko chcesz.

Po plecach Julii przebiegł dreszcz strachu i podniecenia.

Zastanawiał się, co Catherine miała na myśli, ale Catherine tylko odwróciła głowę z lekkim uśmiechem i wyjrzała przez okno samochodu.

CZĘŚĆ CZWARTA
Ból i przyjemność

ROZDZIAŁ 12

Bramy bezpieczeństwa zostały otwarte i samochód został wpuszczony na dużą posesję.

Samochód zatrzymał się przed rezydencją i wysiadły z niego dwie kobiety.

„Tutaj zakładamy nasze maski" – powiedziała Catherine. - I zdejmij płaszcz. Czas pokazać to twoje ładne ciało.

Julia zdjęła płaszcz i wrzuciła go do samochodu.

Lekki powiew wiatru przypomniał mu, jak bardzo jest bezbronny.

Poczuła, jak przestrzeń między jej nogami mrowi od zimnego powietrza.

Jej różowe sutki zesztywniały od drugiego powiewu wiatru.

Julia zacisnęła mocno nogi w nieudanej próbie zakrycia swojej kobiecości.

Obie kobiety założyły swoje złote maski.

Julia sięgnęła do samochodu i chwyciła aparat.

Zamknęli drzwi i samochód odjechał.

Wejścia do posiadłości pilnowało dwóch krzepkich mężczyzn.

Oni również nosili maski i zachowywali milczenie, gdy dwie kobiety się do nich zbliżały .

- Proszę o hasło - poprosił jeden z zamaskowanych ochroniarzy.

– Ręcznik – odparła Catherine.

– Możecie kontynuować, panie.

Strażnik otworzył drzwi i weszli do rezydencji.

Julia była zachwycona ekstrawagancją budynku.

Wyglądało na to, że został zbudowany dla rodziny królewskiej.

Na ścianach wisiały obrazy, dekoracje i kolekcje.

Wejście, przez które weszli, było zasłonięte dużym czerwonym dywanem.

Przeszli przez dużą salę.

– Musisz chwilę poczekać w pokoju gościnnym – powiedziała Catherine. – Zaraz ktoś cię będzie szukał.

Julia wzięła głęboki oddech.

"Dobrze."

- Nic ci nie będzie. Uspokój się.

– Możesz mi powiedzieć, co się stanie? zapytała Julia. - Byłbym mniej zdenerwowany, gdybym wiedział.

„Nie. Poczekaj w pokoju, aż ktoś po ciebie przyjdzie. Załóż maskę i zostaw tam aparat. Później będzie mnóstwo czasu na robienie zdjęć".

Catherine otworzyła drzwi i gestem zaprosiła Julię do pokoju.

Pokój gościnny był prosty, z drewnianymi meblami.

Julia wzięła głęboki oddech i weszła do środka.

ROZDZIAŁ 13

Stracił rachubę, jak długo czekał.

Nigdy nie zdjęła maski.

Po znudzeniu siedzeniem i czekaniem Julia stanęła przed lustrem i przyjrzała się sobie.

Maska była urocza.

I nie mógł przestać myśleć o tym, jak jej różowe sutki i pochwa były widoczne przez cienką tkaninę sukienki.

Zastanawiała się nad sobą i powodami, dla których się tam znalazła.

Zanim zdążyłem pomyśleć dalej, rozległo się pukanie do drzwi.

Weszła kobieta zupełnie naga, ubrana tylko w złotą maskę.

– Chodź za mną – powiedziała cicho naga kobieta.

Julia wyszła za nią z pokoju i ruszyła korytarzem.

Zrobiło się ciemniej.

Wiele świateł zostało wyłączonych, a we wszystkich kierunkach paliło się wiele świec.

Na korytarzu stała grupa zamaskowanych osób.

Niektórzy byli nadzy, inni w garniturach.

Wszyscy nosili maski.

Stali w kręgu, a Catherine stała pośrodku.

Catherine była całkowicie naga, z wyjątkiem maski.

Julia po raz pierwszy widziała całkowicie nagie ciało Catherine.

Julia podziwiała jej stonowaną sylwetkę i zmysłowe krągłości z dużymi brązowymi sutkami.

Julia została poprowadzona na środek kręgu, stając bezpośrednio przed Catherine.

Pozostali zamaskowani goście w pokoju milczeli.

– Witaj Julio – powiedziała Catherine. „Komitet zdecydował o przyjęciu jej do naszego prywatnego Klubu. Nie była to łatwa decyzja, ale jakość jej pracy i dyskrecja pozwoliły jej wejść. Są jednak warunki przyjęcia, chcesz wiedzieć jakie oni są?

– Tak – Julia pokiwała nerwowo głową.

„Po pierwsze, musisz doświadczyć uległości seksualnej, aby grupa mogła to zobaczyć. Po drugie, podczas tego procesu muszę nosić na twoim ciele piętnaście klipsów odzieżowych. Na koniec musisz osiągnąć orgazm co najmniej dwa razy w ciągu następnej godziny. Wszystkie warunki są obowiązkowe. Możesz zaakceptować je albo wyjdź".

Julia wzięła głęboki oddech.

"Zgadzam się."

„Powiedz nam, dlaczego się zgadzasz. Dlaczego chcesz, aby robiono ci tak bolesne i poniżające czyny? Jesteś bardzo słodką dziewczyną".

Julia zamyśliła się na chwilę.

„Oglądanie twoich sesji przez ostatnie dwa miesiące otworzyło mi oczy na coś nowego. Chcę nadal być tego częścią".

– Nawet jeśli oznacza to konieczność przejścia przez tę inicjację? — spytała Katarzyna.

"Tak."

— A co cię to czyni?

„W dziwce".

Katarzyna skinęła głową.

„Zdejmij strój. Pokaż nam swoje piękne ciało".

Po plecach Julii przebiegł dreszcz.

Mimo masek Julia czuła, że każde oko w pokoju czeka z niecierpliwością.

Zsunęła prześwitujący strój do stóp, pozostając całkowicie naga.

Oparła się pokusie skrzyżowania nóg i pozwoliła, by jej gładko ogolony krocze pozostało nagie.

Oparła się również pokusie zakrycia swoich małych piersi i pozwoliła, by jej różowe sutki wystawały.

Catherine zrobiła krok do przodu i była zaledwie kilka cali od Julii.

Wyciągnęła rękę i dotknęła małej piersi Julii, delikatnie gładząc jej dłoń.

Zakreślił palcem różowy sutek, po czym mocno go uszczypnął.

– Och... – Julia westchnęła.

– Czy ja cię ranię?

"Trochę."

— Czy w takim razie przestaniemy?

Julia wiedziała, że postawiono jej subtelne ultimatum.

„Nie. Proszę, nie przestawaj".

Catherine ścisnęła sutek jeszcze mocniej, przez co Julia znów westchnęła.

„Na początku może ci się to nie podobać, ale..."

Zamaskowana naga kobieta podeszła do nich trzymając poduszkę z małym stosem spinaczy do bielizny.

Catherine wzięła jeden z klipsów, otworzyła go i przyłożyła do sutka Julii.

Powoli pozwolił zaciskowi ścisnąć sutek, krok po kroku.

Catherine zwolniła zacisk, który mocno zacisnął się na sutku, powodując jego spuchnięcie.

- To bardzo boli - powiedziała Julia z cichą desperacją.

„Chcesz przestać? Warunki nie podlegają negocjacjom".

„Jak długo będzie dostępny klip?"

„Dopóki nie będziesz miał orgazmu dwa razy tej nocy. Mogę przyspieszyć, jeśli chcesz. Byłoby to łatwiejsze dla początkującego, takiego jak ty".

"Proszę..."

Catherine znalazła kolejny spinacz do bielizny i bezlitośnie użyła go na drugim sutku Julii.

– Ach... – krzyknęła Julia.

„To jak dotąd dwa klipy. Zostało jeszcze trzynaście".

- Gdzie zamierzasz je umieścić? - zapytała Julia, prawie przestraszona.

Catherine pochyliła się do przodu i szepnęła Julii do ucha.

„A co z twoimi wargami sromowymi? To tradycyjne miejsce dla kobiety. Chcesz przestać cierpieć czy dołączyć do naszego klubu?"

To był punkt bez powrotu.

Julia podjęła decyzję w jednej chwili, mimo że bolały ją sutki.

Jej sutki zamiast różu przybrały ciemny odcień czerwieni.

"Odmawiam poddania się."

„Więc połóż się na plecach. I rozłóż nogi".

Julia leżała na plecach na wyłożonej wykładziną podłodze z szeroko rozstawionymi nogami.

Jej kobiecość została w pełni odsłonięta, czekając na ból spinaczy do ubrań.

Catherine uklękła i nie spieszyła się, badając cipkę przed sobą.

Studiowała go i podziwiała.

Catherine wzięła spinacz do ubrań, otworzyła go i uniosła lewy kącik ust Julii.

– To może trochę zaboleć – ostrzegła Catherine. „Jesteś dorosłą kobietą. Więc zachowuj się jak dorosła".

Z tymi słowami przestrogi Catherine brutalnie wypuściła klip, powodując, że nagle zacisnęła usta, powodując krzyk Julii.

Catherine uśmiechnęła się i sięgnęła po kolejny klips, tym razem wypuszczając go delikatnie do ust.

Nacisk drugiego klipsa spowodował, że usta zmieniły kształt.

Catherine kontynuowała ten proces, aż lewa strona ust Julii pokryła się spinaczami do bielizny.

„Jak się czuje twoja cipka?" — spytała Katarzyna.

Julia oparła głowę na dywanie i walczyła z bólem sutków i ust przyszczypniętych spinaczami do ubrań.

„Bardzo mnie to boli".

„To pokazuje, że jesteś człowiekiem. Jestem z ciebie dumny, że przetrwałeś tak długo. Twoja inicjacja jest trudniejsza niż większości, ponieważ twoje zaplecze finansowe nie jest takie samo jak nasze i nie masz historii niewolnictwa".

"Rozumiem."

„Dobra suka. Trudna część prawie się skończyła".

Catherine sięgnęła po kolejny spinacz do ubrania, tym razem przykładając go delikatnie do prawych ust Julii.

Julia już się nie cofała i nie jęczała.

Przyzwyczaiła się już do bólu w jej wrażliwych obszarach seksualnych.

Wzór trwał, dopóki wszystkie klipy nie zostały użyte na cipce Julii.

Pochwa, niegdyś urocza i atrakcyjna, nagle uległa deformacji.

Wargi sromowe rozciągały się w różnych kierunkach jak glina.

Catherine zajrzała do różowej cipki Julii i zobaczyła, że jest mokra.

„Jesteś gotowa na swój pierwszy orgazm" – powiedziała Catherine. — Czy to nie tak?

"Ja jestem."

Catherine uderzyła środek cipki Julii bez ostrzeżenia.

Szok sprawił, że Julia krzyknęła z rzadkiej kombinacji bólu i przyjemności.

Klapsy Julii trwały, aż opuszki palców Catherine pokryły się wydzieliną pochwową.

– Jesteś przemoczona, kochanie – powiedziała Catherine. "Myślę, że jesteś gotowy."

Po tym Catherine włożyła dwa palce do swojej cipki i palcami drugiej ręki bawiła się łechtaczką Julii.

To była potężna kombinacja.

Jego palce były zręczne w zaspokajaniu seksualnym innych kobiet.

Palcami pracował w szczególny i umiejętny sposób.

Julia jęknęła z rozkoszy.

Nie przejmowała się już grupą zamaskowanych ludzi, którzy ją obserwowali.

W tym momencie myślała tylko o pieczeniu w swojej cipce i sutkach.

Palce kontynuowały gorączkową pracę.

Catherine jechała coraz szybciej i z większą intensywnością.

Ciało Julii drgnęło.

jęknęła.

Catherine czuła, że Julia jest bliska pierwszego orgazmu, więc pracowała jeszcze ciężej, pieszcząc swoją gorącą cipkę.

Julia wiła się, jęknęła, a jej plecy wygięły się w łuk.

Julia wydała z siebie głośny krzyk, jej palce się zgięły, po czym jej ciało się rozluźniło.

„To jak dotąd pierwszy orgazm," Catherine uśmiechnęła się, patrząc na swoje palce pokryte sokiem z cipki. „Teraz czas na orgazm numer dwa. Ale ten będzie trochę trudniejszy. Możesz przestać, kiedy tylko chcesz. Gotowy?"

"Tak."

Catherine pstryknęła palcami i dwie zamaskowane nagie kobiety podeszły i owinęły skórzane rzemyki wokół dłoni i kostek Julii.

Oprowadzili Julię tak, że klęczała.

Sięgnęli po ręce i kostki Julii, zaczepiając je o haki w ziemi.

Julia leżała twarzą do ziemi, całkowicie związana i bezradna.

„Twój ostatni test to siedem cali na twoim tyłku. Nie martw się kotku, użyję dla ciebie dużej ilości lubrykantu".

Oczy Julii rozszerzyły się.

Paski niewoli na jego nadgarstkach i kostkach były ciasne i nie miał dokąd pójść, chyba że zdecydował się rzucić palenie, co na zawsze zakończyłoby jego związek z Catherine.

Nie poddała się, nawet gdy poczuła palce Catherine wbijające się w jej pośladki.

Palce pokryte były gęstym smarem.

Palce sondowały jej mały odbyt tak daleko, jak tylko się dało.

Catherine nie była zbyt miła.

Dla niej to były interesy.

Więc Julia po prostu przyłożyła zamaskowaną twarz do podłogi i zaakceptowała penetrację palca w jej dupie.

– Zamierzam użyć paska na penisa, którego tyle razy używałaś na moich pośladkach – powiedziała Catherine, opierając się o ciało Julii. „Na początku będę jechał wolno, ale mam nadzieję, że później będziesz kontynuował moje tempo".

W tamtym czasie Julia pamiętała wszystkich zamaskowanych mężczyzn, którzy byli analnie ruchani przez różnorodne strap-ony Catherine.

Julia tyle razy wyobrażała sobie bycie w roli uległej.

Ale nigdy nie wyobrażała sobie, że to się jej naprawdę przydarzy.

Końcówka uprzęży mocno naciskała na odbyt Julii.

Catherine użyła swoich rąk, aby rozsunąć pośladki Julii, pozwalając obiektowi seksualnemu wejść do małej dziurki.

Julia jęknęła głośno, gdy przedmiot wszedł w jej ciało.

Powoli przedostał się do jej odbytnicy.

Zacisnęła mocno dłonie i zacisnęła zęby.

Gdy przedmiot kontynuował powolną podróż w górę jej tyłka, sapnęła i jęknęła.

Kontynuował, dopóki krocze Catherine nie dotknęło jej pośladków.

– Odważna dziewczyna – powiedziała Catherine do ucha Julii. „Większość ludzi już by się poddała. Nie ty. Prawie skończyłeś. Za chwilę będzie dobrze".

Catherine powoli wysunęła się z odbytnicy Julii, po czym delikatnie pchnęła, ponownie wciągając ją głęboko do środka.

używał rytmu zgodnie z napięciem Julii.

Każde pchnięcie sprawiało, że Julia jęczała.

Julia rozejrzała się po pokoju, gdy była poddawana sodomii.

Zamaskowani goście milczeli i obserwowali przedstawienie.

Zastanawiała się, co by o niej pomyśleli.

Zastanawiał się, czy byli podekscytowani.

Zastanawiał się, czy oni też chcą dostać się do jego tyłka.

Wpychanie Julii w tyłek trwało.

Wkrótce do bólu dołączyła przyjemność.

Jej sutki i cipka wciąż były obolałe od spinaczy do ubrań.

Ból nadal narastał, ale przyjemność rosła z równym lub większym natężeniem.

Jej odbyt nadal bolał od siedmiocalowej zabawki erotycznej, a ona nie do końca się do tego przyzwyczajała.

Ale rosła w niej dziwna przyjemność.

Bycie zerżniętym analnie dla wszystkich było ekscytujące.

To było sensacyjne.

Pchnięcia stały się szybsze i głębsze.

Katarzyna okazała mniej litości i mniej czułości i naprawdę zaczęła być niegrzeczna dla Julii.

Julia była traktowana jak każda uległa Catherine, co było komplementem dla Julii.

Oznaczało to, że Catherine wiedziała, że Julia jest wystarczająco silna i godna przyjęcia kary analnej.

„Czuję, jak zbliża się twój orgazm" — powiedziała Catherine, wykonując pchnięcie. „Chodź po mnie, kochanie. Zrób to i dołącz do naszego klubu".

– Staram się – westchnęła Julia.

– Może to pomoże, kotku.

Catherine sięgnęła pod spód i zaczęła bawić się łechtaczką Julii, jednocześnie ją sodomizując.

Seksualność Julii była atakowana ze wszystkich stron.

Bolały ją sutki.

Bolały go usta.

Jego odbyt i odbyt były bezlitośnie tłuczone.

Teraz jej wrażliwa łechtaczka była masowana.

"O mój Boże!!!" Julia jęknęła.

Plecy młodej kobiety wygięły się gwałtownie, a jej ręce i stopy zacisnęły się z całej siły.

Płyny wypłynęły z jej cipki i pokryły podłogę.

Po raz drugi stanął przed wszystkimi .

– Gratulacje – powiedziała Catherine, gładząc włosy Julii. „Jesteś teraz członkiem naszego klubu".

Catherine powoli zdjęła seks-zabawkę z pupy Julii i wstała.

Obserwowała leżącą na ziemi Julię.

Julia była w tej chwili wyczerpana seksualnie i powoli wracała do siebie.

Inne zamaskowane kobiety przyszły rozwiązać Julię, zdejmując zaciski z jej sutków i cipki.

Julia wstała, a pozostali zamaskowani goście w pokoju nagrodzili nowego członka brawami.

EPILOG

Sześć miesięcy później.

Julia miała na sobie piękną sukienkę, czekając w windzie.

Trzymała dużą żółtą kopertę.

Kiedy dotarł na swoje piętro, przywitał sekretarkę znajomym uśmiechem.

Potem wszedł do gabinetu Catherine.

Wymieniono przekomarzanie się i Catherine otworzyła kopertę, aby spojrzeć na nowo wywołane obrazy, gdy oboje usiedli.

– Przeszłaś samą siebie – zauważyła Catherine, patrząc na zdjęcia. „Wspaniała robota. Kąty kamery, oświetlenie, wyczucie czasu. To jest idealne. Nasi przyjaciele z klubu będą zachwyceni".

„Dziękuję. Mam nadzieję, że ci się spodobają".

„Szkoda, że te zdjęcia muszą pozostać prywatne. Twój talent fotografa powinien zostać doceniony przez znacznie więcej osób".

– Uznanie od ciebie wystarczy – powiedziała odważnie Julia.

Katarzyna uśmiechnęła się.

"Co za słodka dziewczyna."

„Widziałem mój czek na biurku sekretarki. Jestem pewien, że to kolejna hojna zapłata, za którą jestem bardzo wdzięczny. Ale dzisiaj liczyłem na coś bardziej... ekstra..."

Catherine przykucnęła w swoim gabinecie, żeby zdjąć majtki spod spódnicy.

- Bardzo dobrze. Masz trzydzieści minut przed moim następnym spotkaniem.

"Dziękuję."

Julia nieformalnie podeszła do biurka.

Próbowała ukryć zniecierpliwienie, ale oboje wiedzieli, jak naprawdę czuła się Julia.

Catherine rozłożyła nogi i zobaczyła, jak Julia upada na kolana.

Limit wynosił trzydzieści minut, więc Julia nie marnowała czasu na jedzenie cipki swojej Dominującej Pani, dopóki nie osiągnęła orgazmu.

.

KONIEC